LES VISÉES

DU FÉLIBRIGE

PAR

RAOUL LAFAGETTE

Prix : 0 fr. 50

FOIX

TYPOGRAPHIE GADRAT AÎNÉ

1896

LES VISÉES DU FÉLIBRIGE

DU MÊME AUTEUR

POÉSIE

1º **Chants d'un Montagnard**, 1 volume avec deux lettres de GEORGE SAND. Prochainement, nouv. édition augmentée de lettres de VICTOR HUGO, MICHELET, TH. DE BANVILLE; de l'appréciation d'ÉMILE DESCHAMPS, et d'un article critique de GUSTAVE FLOURENS. — MARPON et FAMMARION, Éditeurs.

2º **Mélodies païennes**, 1 vol. 3ᵉ édition. BAILLIÈRE et MESSAGER, Éditeurs.

3º **Les Accalmies**, 1 volume 3ᵉ édition. ALPHONSE LEMERRE, Éditeur.

4º **Les Aurores**, 1 vol. Prochainement nouvelle édition. G. CHARPENTIER, Éditeur.

5º **Pics et Vallées**, 1 vol. ALPHONSE LEMERRE, Édit.

6º **Les cent Sonnets**, 1 vol. FISCHBACHER, Édit.

7º **La Voix du Soir**, 1 vol. MAY et MOTTEROZ, Édit.

8º **De l'Aube aux Ténèbres**, 1 volume. MAY et MOTTEROZ, Éditeurs.

Très prochainement :

9º **Symphonies pyrénéennes**, 1 vol.

PROSE

1º **La Poésie** *(son passé, son présent, son avenir)*, 1 vol. FISCHBACHER, Éditeur.

2º **La Renaissance romane**, 1 vol. FISCHBACHER, Éditeur.

LES VISÉES

DU FÉLIBRIGE

PAR

RAOUL LAFAGETTE

Prix : 0 fr. 50

FOIX

TYPOGRAPHIE GADRAT AÎNÉ

1896

I

Les félibres n'y vont pas de main morte ! Leurs débuts furent charmants, à la fois modestes et glorieux. Encouragée par Roumanille, dont les *Marguerites* venaient d'éclore, une petite pléiade de poètes inspirés, dont quelques-uns, tels que Mistral, Aubanel et Félix Gras, devaient bientôt affirmer leur maîtrise par des œuvres d'une beauté supérieure, fit le serment filial de chanter la petite patrie dans l'idiome du terroir. Tous ces nobles adhérents de la première heure, suivis plus tard par de fiers émules, en

tête desquels Auguste Fourès et
Prosper Estieu, se montrèrent reli-
gieusement fidèles à la parole jurée,
et furent récompensés de leur fer-
veur par la sympathie universelle
qui salua cette radieuse aurore du
Félibrige, cette musicale renaissance des parlers d'Oc, où les vir-
tuoses modernes égalaient et sur-
passaient parfois la grâce et la
puissance des troubadours de jadis.
Il faudrait, certes, une insigne mau-
vaise foi ou une complète cécité,
pour nier la richesse de cette luxu-
riante floraison, et ne pas recon-
naître le prestige qu'elle ajoute à
la physionomie particulière de la
France méridionale. Si l'on ne peut
songer sans aversion aux icono-
clastes dont le fanatisme barbare
détruisit les plus belles manifesta-
tions de l'Art païen, quelles clameurs
ne provoquerait pas l'intolérance

qui voudrait proscrire aujourd'hui la littérature néo-romane et empêcher tout retour indépendant vers un passé dont l'originalité pittoresque, frappée au cœur par un grand drame de l'histoire, continua de vivre inapparente au fond de l'âme des vaincus, et a légué un regret vivace à celle de leurs descendants? Une telle piété mérite un profond respect, et pour ma part, je n'ai jamais marchandé mon estime et mon admiration à ce culte persistant du Souvenir, qui revendique par des chefs-d'œuvre sa place au soleil, et affirme son autonomie en conservant comme un trésor sacré la tradition de ses origines. Je n'hésite pas à proclamer que Mistral et Aubanel ont accru le renom de la Provence en écrivant leurs poésies en dialecte populaire, et que tout ce qui auréole une province contribue à l'éclat général de la Nation. En fût-il autrement, d'ailleurs, que le droit absolu de l'artiste au choix de son instrument n'en devrait pas moins rester intangible. La liberté de la fantaisie créatrice ne comporte aucune restriction.

*
* *

Ah ! si le Félibrige, comprenant mieux le charme de sa fraîche aurore, avait su garder l'innocence première et ne vivre que pour le chant, comme la cigale ! Mais il ne tarda pas à démentir son emblème. L'aède se doubla d'un propagandiste, et la pléiade devint une secte dont les chefs organisèrent toute une hiérarchie de sous-ordres, pisteurs chargés de la réclame et du rabattage.

Qu'est-il arrivé ?

Un prosélytisme assourdissant a

aliéné ou fait fuir maint esprit qui se fût laissé séduire par la magie des simples chansons. Au refroidissement de la sympathie succèdent les révoltes du bon sens et les alarmes du patriotisme. On éprouve une sorte de désenchantement à découvrir d'agiles et infatigables puffistes dans ceux qu'on croyait de purs et naïfs troubadours. Et le concert ayant servi de prélude à une croisade, on se demande vers quelle nouvelle Jérusalem sont partis en guerre ces musiciens, en chacun desquels fermente un frère-prêcheur, et qui brandissent une rapière après avoir pincé de la guitare.

J'avais flairé leurs visées dès l'époque où ils mettaient encore beaucoup d'eau dans leur vin. Je formulai alors des reproches contre lesquels ils protestèrent. Mais voici

que, grisés par leur propre bruit, ils
ne prennent plus la peine de nier.
Que dis-je ? Ils réclament explici-
tement et impérativement ce qu'ils
convoitaient dans le secret de leur
ambition. Je n'invente rien. Qu'on
en juge d'après les lignes suivantes,
que j'emprunte au journal *la Dépêche* (n° du 3 février), un journal
pourtant dévoué au Félibrige.

*
* *

AU PAYS D'OC

Dans une lettre qu'elle vient d'adresser au ministre de l'instruction publi-
que, l'Ecole parisienne du Félibrige
demande trois choses :

« 1° L'enseignement de l'histoire régionale ; 2° l'emploi de l'idiome local pour
apprendre la langue française ; 3° la
création dans certains lycées et collèges,
de nouveaux cours facultatifs sur la lit
térature de la France méridionale. »

Voilà qui est bien. Le but des Félibres

est évidemment, d'arriver à l'introduc-
tion officielle de la *Langue d'Oc* dans les
écoles et, par suite, d'en favoriser la
renaissance.

En obtenant, d'autre part, des cours
d'histoire et de littérature méridionales,
ils pensent faire aimer davantage la
petite patrie, ranimer l'esprit, trop som-
nolent à leur gré, du vieux Midi.

J'ignore ce que le ministre répondra à
cette demande. Mais il m'est avis qu'il
sera bien embarrassé.

La question de l'enseignement de l'histoire régionale ne soulève pas beaucoup
de difficultés. La place qu'on lui pourrait donner serait minime, sans doute ;
mais, enfin, on pourrait, on devrait même,
semble-t-il, lui en faire une. Il ne reste
plus, avant de l'enseigner, qu'à l'écrire,
province par province, cette histoire
régionale. Cela, c'est un détail, n'est-ce
pas ?

Il sera aisé aussi d'augmenter le nom-
bre des cours facultatifs de littérature
méridionale.

Mais, l'emploi de l'idiome local pour
apprendre le français !

Voilà un gros problème. Il y en a joliment, des idiomes locaux. Autant que de villes et de bourgades à peu près. Et ce que l'on accordera au Midi, il faudra bien l'accorder aussi à la Bretagne, à la Normandie, à la Lorraine, au Berry, etc., etc.

Les maîtres emploieront le patois morvandiau et poitevin, du pays de Rennes et du pays de Caux, pour faire pénétrer les règles de la grammaire française dans la caboche de leurs moutards. Car le principe invoqué par des Félibres, qu'il faut procéder du connu à l'inconnu, et que les gamins de Provence et de Languedoc ont peine à comprendre des leçons données en français, ce principe s'applique partout, je vous assure, et les écoliers du Bocage vandéen, par exemple, ne sont guère habitués, quand ils entrent à l'école, à la langue de Paris, voire de la sous-préfecture voisine.

Ils profitent tout de même des leçons de leurs maîtres. Ils apprennent la langue dont ils auront besoin plus tard et qui leur sera un outil nécessaire. Ils l'apprennent peut-être d'autant mieux

qu'on les force plus tôt à l'entendre, à la
parler, à l'écrire, comme on force, dans
certaines familles, les enfants à vivre
avec des gouvernantes ou des précep-
teurs anglais ou allemands, qui ne leur
parlent que la langue étrangère à leur
inculquer.

Non vraiment, je ne vois pas les
« patois » — je demande pardon de ce
mot aux Félibres — officiellement intro-
duits dans les écoles. Et je crois bien que
les auteurs de la lettre au ministre ont
dû sourire eux-mêmes en alléguant, à
l'appui de leur demande, l'utilité de
l'étude *comparée* des langues. Les élèves
des écoles primaires faisant de la philo-
logie raisonnée et savante, à dix et douze
ans ! Mais, dans les lycées et collèges,
les candidats au baccalauréat en sont à
peine capables !

M. Combes doit être bien en peine.
Les Félibres lui ont posé là une « colle »
plus embarrassante encore que celle
qu'il vient de poser lui-même à nos hel-
lénistes sur la prononciation du grec
ancien.   B. G.

*
* *

J'ai reproduit intégralement l'article de la *Dépêche* avec d'autant plus de plaisir, que les objections qui s'y pressent, semblent empruntées à ma *Renaissance romane* (1). Plagiat? Non, assurément, mais concordance, ce qui en accentue la portée.

On me dispensera de ressasser ici les arguments par lesquels j'ai combattu dans mon opuscule les visées du Félibrige. Je vais me borner à souligner les points saillants de la critique dont la *Dépêche* m'a offert le régal inattendu.

Oui, répèterai-je après ce journal, qu'on accorde, dans chaque lycée ou collège, une chaire où l'on enseignera aux élèves l'histoire de la région, quand cette histoire aura

(1) Plaquette éditée par Fischbacher, rue de Seiue 33, Paris.

été fouillée et écrite, ce qui ne veut pas dire demain.

Oui encore, qu'il y ait un cours facultatif, dont le dialecte local fera l'objet. Mais ces cours, d'intérêt particulier et circonscrit, il appartient aux conseils généraux et aux municipalités de les organiser. L'Etat, symbole de l'unité nationale, ne doit pas se distraire de sa mission synthétique, pour intervenir directement en ces menus détails, qui incombent exclusivement à l'initiative du département et des communes.

En vérité, les félibres ne se mettent-ils pas en flagrante contradition avec la doctrine dont ils se sont fait un cheval de bataille, quand ils quémandent ainsi la protection et le secours du Gouvernement? Eh quoi ! eux les fédéralistes, eux les irréductibles champions de l'auto-

nomie, emboîtent le pas aux patrio-
tes qu'ils conspuent sous l'épithète
surannée de jacobins, et sacrifient
au veau d'or de la centralisation !
Au risque d'encourir leurs foudres,
je me permets de leur signaler ce
manque de logique, et leur sou-
haite de résonner moins et de rai-
sonner mieux.

★
★ ★

J'ai réservé pour la fin le *deside-
ratum* qui est la vraie perle de la
requête en question, reproduite plus
haut.

Les félibres réclament « L'EMPLOI
DE L'IDIOME LOCAL POUR APPRENDRE
LE FRANÇAIS » !

Ont-ils agi sérieusement, ou nous
trouvons-nous en présence d'une
grosse farce ? Les idiomes locaux
sont innombrables, et leur repré-
sentation à l'aquatinte formerait la

plus enchevêtrée des bigarrures. Le professorat dépasserait en incohérence la légendaire tour de Babel. Impossible de jamais demander à Paris tel ou tel maître éminent. Le choix devrait toujours s'arrêter sur un phénix autochthone, fût-il le plus piètre oiseau du monde. On exigerait comme condition majeure et *sine qua non,* un certificat de virtuosité dans le patois du cru, virtuosité qui implique l'indigénat. On ne pourrait enseigner qu'à l'endroit même où l'on serait né, et les titres du grammairien auraient pour critérium suprême son extrait de naissance. Celui-ci, indispensable sur place, ne vaudrait rien ailleurs. Car, ainsi que l'a très justement remarqué le rédacteur de la *Dépêche,* les dialectes patois varient de canton à canton, et souvent même de vallée à vallée. Un Fuxéen se

trouve tout dépaysé dans le Saint-
Gironnais, et *vice versa*. Donc,
« *Chacun chez soi !* » serait le mot
d'ordre sévère et la règle stricte.
Plus personne ne bougerait. La vie
sociale serait figée. Les autres peu-
ples n'accuseraient plus le Français
d'être mobile et changeant. Est-ce
qu'un arbre voyage ? L'homme
prendrait l'arbre pour modèle. Hors
du terroir, point de salut !

Mais j'oubliais la langue française..... Bah ! vous devinez bien
que ce détail est fort accessoire
dans l'intime pensée des félibres.
Ils réclament l'usage des patois sous
prétexte de mieux faire comprendre
le français ; en réalité, ils n'aspirent
qu'à substituer les dialectes d'Oc à
la langue nationale. L'Unité est leur
bête noire, et ils lui imputent effron-
tément tous les excès de la centralisation. Gardez-vous de vous

réjouir de l'évolution historique
à laquelle on doit le verbe com-
mun à tous les fils de la France :
je vous ai prévenu, les félibres vous
traiteraient de jacobin, et leur étroi-
tesse despotique flétrirait votre patriotisme au nom même de la
liberté. La patrie ? mais le Midi
est à lui seul une patrie. Provence
et Languedoc d'abord, la France
après. Qu'importent Bismarck, Cris-
pi et Salisbury ? Le véritable enne-
mi, c'est... Simon de Montfort !
Henri IV et Richelieu furent de
petits esprits et de grands crimi-
nels. Quant à la crise sociale de 89,
elle mérite tous les anathèmes, et
les Fêtes sublimes de la Fédération
furent une abominable ineptie,
puisqu'elles fondirent en un vaste
accord fraternel toutes les rivalités
et toutes les haines de clocher à
clocher. En voulant étendre l'A-

mour, on tomba dans la platitude
et la banalité. Un retour en arrière
mènera donc seul à la régénération.
Il faut reconstituer dans le langage
le morcellement féodal et les disso-
nantes variétés du bon vieux temps.
Que la littérature française fasse
amende honorable. On nous a de-
puis trop longtemps rebattu les
oreilles de ces quelques noms :
Rabelais, Montaigne, Pascal, Cor-
neille, Bossuet, Molière, La Fon-
taine, Racine, Rousseau, Diderot,
Voltaire, Beaumarchais, Danton,
Mirabeau, André Chénier, Cha-
teaubriand, Lamartine, Victor Hugo,
Musset, Leconte de Lisle, Balzac,
George Sand, Flaubert, Michelet,
Quinet, Renan, Taine, Littré,
Gambetta .. — Mettons tous ces
importuns sous le boisseau, et subs-
tituons à la monotonie de leur verbe
unitaire la cacophonie pittoresque

des patois, innombrables guitares, binious et cornemuses qui nous rendront les enchantements et les délices du paradis perdu. Refleurissez, Provence, Languedoc, Auvergne, Dauphiné, Quercy, Rouergue, Gascogne, Guyenne, Saintonge, Limousin, Berry, Touraine, Poitou, Anjou, Bretagne, Normandie, Picardie, Flandre, Lorraine, Bourgogne, Franche Comté !... Et que chaque province, hostile ou indifférente aux autres, limite à ses propres frontières sa conception de la patrie ! Il y aura de la sorte trente-six Frances pour une. Le Félibrige nous enrichit, et on l'accuse de nous désorganiser. C'est le comble de l'injustice.

*
* *

Si du moins la Provence et le Languedoc, pour nous en tenir au seul

Midi, avaient recpectivement leur
dialecto RÉGIONAL ! Mais, nous l'a-
vons dit, les dialectes pullulent dans
chaque région. Une œuvre capitale,
comme celle de Mistral, devrait
faire loi. Mais la langue dont il s'est
servi est une langue composite, et
dès lors un peu arbitraire, une langue savante, dont il a puisé les élé-
ments à droite et à gauche, dans le
lieu et dans le temps. Y a-t-il un
Provençal qui comprenne couram-
ment tous les vocables de *Mireille ?*
L'inextricable multiplicité des dialectes d'Oc rend vaine la croisade
entreprise et prêchée par les félibres. J'ajoute que le Midi littéraire,
violemment arrêté dans son évolution par le massacre des Albigeois,
s'est adultéré en se désagrégeant, et
ne saurait offrir aujourd'hui, aux
nuances complexes de l'âme mo-
derne, un clavier juste et complet.

Imaginez le français d'il y a cinq ou
six siècles, disloqué, émietté par un
cataclysme social, délaissé par l'élite
qui pense et qui écrit, et corrompu
par le b is peuple qui le parle à la
diable, au gré de l'ignorance et du
caprice. Croyez-vous que ce français
archaïque et dégénéré répondrait
aux besoins intellectuels du philo-
sophe et du psychologue contempo-
rains ? Il suffit de poser la question.
On se heurte à une insurmontable
fatalité.

*
* *

Le ministre auquel le Félibrige
parisien vient d'adresser son étrange
et audacieuse requête, n'a donc
qu'un devoir: faire la sourde oreille.
M. Combes s'est montré trop avisé
sur d'autres points, pour qu'il y ait
à craindre qu'il se laisse éberluer
ici par ces noirs sophismes cousus
de fil blanc. Je le répète, l'enseigne-

ment facultatif du dialecte local doit
être organisé par les conseils généraux et les municipalités, sans le
concours de l'Etat. La mission de
l'Etat embrasse l'intérêt NATIONAL.
Tout ce qui concerne en particulier
le département ou la commune, in-
combe aux libres initiatives des
conseils généraux et des municipalités.

*
* *

Et maintenant, je termine par
les paroles de paix et de sympathie
déjà prononcées au commencement
de cette petite étude.

Personne en France ne songe à
empêcher les félibres de chanter
dans le dialecte de leur choix. Mais
qu'ils chantent pour chanter, comme
la cigale et le rossignol, et ne com-
promettent pas leur douce magie
par des préoccupations qui change-
raient leur pléiade en secte. Apol-

lon et les Muses ne se plaisent qu'aux divines harmonies, et la légende du Parnasse nous apprend que le rêve doit planer au-dessus de nos luttes contingentes, et qu'il faut à la poésie les pures brises de l'éther et le calme idéal des cimes !

II

A M. Emile Cartailhac [1]

Monsieur et éminent contradicteur,

Dans le second article que vous venez de donner à *l'Avenir de l'Ariège,* votre extrême bienveillance met un peu mal à l'aise ma modestie, mais facilite ma franchise : on s'explique mieux entre amis sincè-

(1) Directeur de l'*Anthropologie,* secrétaire général de l'*Association pyrénéenne,* secrétaire de la rédaction de la *Revue des Pyrénées.*

res, et l'on a plus de chance d'abou
tir à un accord dans la lumière de
la vérité, quand on remplace les
aveugles partis-pris d'une vaine
polémique par les rigoureux arguments d'une cordiale et loyale dis-
cussion.

Du reste, comme vous le consta-
tez, « notre désaccord est plus appa-
rent que réel ». La dissidence ne
persiste que sur des points acces-
soires. Laissez-moi m'y arrêter un
instant pour examiner si, en der-
nière analyse, notre opposition ne
se réduit pas, ici encore, à un sim-
ple malentendu.

Sachez, tout d'abord, que je suis
très partisan des histoires régionales qui substitueront à de fastidieu-
ses nomenclatures de monarques,
grands despotes ou menus tyran-
neaux, l'épopée vivante de la race,
où nous apprendrons les *gestes* col-

lectifs et l'évolution du génie de nos
aïeux. Nous saisirons mieux le rôle
que nous avons joué dans l'histoire
synthétique de la Nation, quand
nous connaîtrons à fond les annales
du pays natal. Je croyais de bonne
foi, et sans la pointe de malice que
vous m'attribuez à tort, que ces histoires particulières n'étaient encore
qu'un vague projet. Vous m'appre-
nez que des érudits de marque les
élaborent activement en maint endroit. Je me réjouis de cette nouvelle, et je me réjouirai davantage
quand un corps de professeurs spé-
ciaux, dressés par les maîtres qui
auront débrouillé notre passé, ini-
tieront la jeunesse des écoles aux
précieux résultats de leurs savantes
recherches. S'il suffit de former et
d'exprimer un tel vœu pour être
félibre, vous pouvez d'ores et déjà
me considérer comme enrôlé dans

le Félibrige. Mais je subordonne mon adhésion à une réserve essentielle : C'EST QUE CET ENSEIGNEMENT SERA FAIT EN FRANÇAIS. Je suis intraitable sur la question de langue. Quant à écrire moi-même l'histoire de la contrée pyrénéenne, comme vous le souhaitez d'une façon si flatteuse pour moi, je me hâte de me récuser. Je ne suis qu'un poète qui s'intéresse à tous les travaux intellectuels et qui, du fond de son rêve, observe avec joie les vaillants efforts et les utiles conquêtes de la science. Mais je n'ai personnellement ni le temps ni la santé indispensables pour les minutieuses investigations qui doivent précéder le récit et fournir à l'historien la substance de son œuvre.

La question des dialectes locaux est plus épineuse. Vous le reconnaissez loyalement ; mais vous ajoutez :

« Ce qui est difficile n'e·t jamais
impossible ». Il y a, certes, dans
cette affirmation, un souffle d'héroïsme qui évoque l'âme de Cor-
neille. Mais l'héroïsme est un élan
individuel qui n'influe guère sur la
marche compliquée de l'organisa-
tion sociale. La durée d'une organi-
sation collective dépend de l'équili-
bre des intérêts, et le sort d'un
groupe quelconque devient pré aire
s'il se détache de l'Unité intégrale
dont il fait partie. Il s'agit donc de
fixer le rapport entre l'intérêt qu'of-
fre à tel groupe le dialecte local, et
l'avantage qu'en peut retirer la
Nation.

Or l'innombrable multiplicité des
dialectes d'Oc constitue plutôt pour
la France un ferment de désagréga-
tion et une menace de ruine. Vous
espérez qu'on pourra parvenir à
introduire une harmonie relative

dans cette tour de Babel, et vous me citez, en guise d'argument, l'*Almanach patois de l'Ariège,* édité par notre sympathique ami, M. Gadrat.

Je vous avoue sans détour que, si humoristique et si attrayant que soit cet opuscule annuel, l'éclair de Damas n'en a pas jailli pour moi. J'estime que mes objections restent debout dans toute leur force.

En accusant les félibres de se mettre en contradiction avec eux-mêmes quand ils réclament la protection de l'Etat, je n'ai fait que constater l'évidence. Quel est le vrai décentralisateur, celui qui fait appel aux libres et actives initiatives du département et des communes ? — ou celui qui les croit impuissants si, comme pour les Hébreux conduits par Moïse, la manne de Jéhovah ne leur tombe pas du ciel ?

Oui, je suis décentralisateur dans une large mesure ; oui, je veux que Paris n'absorbe pas toutes les forces vives de la Province ; oui, je pense que la vie sociale ne s'accommode pas plus que la vie individuelle, de la pléthore en un seul point de l'organisme et de l'anémie dans tout le reste du corps. Créez donc des Universités régionales et permettez-leur de devenir florissantes en les dégageant d'une tutelle oppressive, qui les atrophierait sous prétexte de les protéger. Mais leur indépendance doit s'arrêter à l'abus susceptible de causer une rupture dans l'harmonie de l'ensemble. En un mot, j'approuve toute décentralisation qui contribue à la force et à la gloire de l'Unité ; je condamne celle qui tendrait au séparatisme. Dès lors un certain contrôle appartient de droit au Gouvernement. Que cette autorité suprême s'exerce de loin et de haut, ne gène en rien le jeu des sages indépendances et l'éclosion des autonomies harmoniques, d'accord. Mais gardons-nous de confondre l'émancipation avec l'anarchie, et de voir le salut dans le chaos !

Revenons aux félibres, pour finir.

Vous trouvez *ridicules* leurs colères contre Simon de Montfort, et *amusante* leur prétention d'employer les dialectes d'Oc à l'enseignement du français....

Ces colères m'inquiètent, car elles dénotent un état d'esprit qui aurait vite fait, si l'on n'y mettait bon ordre, de raturer six siècles d'évolution historique, de nous ramener au sanglant gâchis des guerres religieuses et de rallumer des haines auxquelles je préfère l'idéal d'Amour

inauguré par les sublimes Fêtes de
la Fédération.

Quant au rêve d'un rôle prépon-
dérant pour les dialectes d'Oc, je
ne m'en « amuse » pas, car si, par
impossible, les intrigues du Félibrige parvenaient à le réaliser, nous
assisterions au détrônement de la
langue nationale et à la reconstitu-
tion du morcellement féodal dans
le langage, désordre qui entraîne-
rait l'émiettement du génie français !

Je termine, cher Monsieur et ami,
sur cette note patriotique, qui va
me valoir une nouvelle accusation
de jacobinisme, à moi qui, parmi
tous les hommes de notre grande
Révolution, ressens une particulière
et insurmontable antipathie pour
Maximilien Robespierre !

Mais qui sait haïr sait aimer, et
c'est du fond du cœur que je vous

prie de croire à ma haute estime
et à ma sincère et inaltérable fra-
ternité.

FIN.